Tito y Pepito

Lada Josefa Kratky

Este es el pollito Pepito.

Ese gallo es su papito.

Este es Tito.

Tito es un patito.

Tito se mete en el agua.
Él sabe nadar bien.

Pepito ve a Tito y se
mete en el agua.

Tito usa sus patitas y nada bien.

Pepito no sabe nadar. Dice:

—¡Tito, no puedo!

—¡Papi, no puedo! Ayúdame.
¡No puedo, papi!

—¡Pepito mío!
¡Los patitos nadan,
los pollitos no!